D1872386

Liebe Frau Schaller,

seit etlichen Jahren, nehme ich
Ihre Ideen, Gedanken und Vorschläge
mit großer Begeisterung auf!

Ich hoffe auf noch viele Jahre
freundschaftlicher Verbundenheit!

Hildegard [illegible]

2003 03 23

Heinrich Badura

Labyrinthe des Mensch-Seins

roetzer-edition

Bilder: Caroline Stachl - Aquarelle

ISBN 3-85374-335-8 · Copyright © by Roetzer-Edition, Eisenstadt.
Alle Rechte, insbesondere das des auszugsweisen Abdrucks und der fotomechanischen Wiedergabe, vorbehalten.
Printed in Austria by Rötzer-Druck Ges.m.b.H., Eisenstadt
Verlags- und Herstellungsort Eisenstadt.

Ohne Bewusstheit über sich selbst - kein erfülltes Dasein

Ich bin

Woher weiß ich das?
Ich denke, also bin ich ...
Ist das alles?
Eines nehme ich unumstößlich wahr:
mein heutiges Sein ist ohne mein vorgestriges,
gestriges Geworden-Sein nicht zu begreifen.
Was heißt das?
Dass ich bereits war ...
und von dort,
wo ich einmal werdend war,
komme ich auch her.

Woher komme ich?

Aus Liebe?
Aus Hass?
Aus Zufall?
Aus Sich-fortpflanzen-wollen anderer?
Aus Lust?
Aus Leidenschaft?
Aus Geist?
Aus Kreativitätsbegehren?
Aus Versagen?
Aus Wärme?
Aus Kälte?
Aus Angst?
Aus Gesetzesdiktatur?
Aus Berechenbarkeit?

Wozu bin ich?

Um zu *sehen,*
dass es neben mir auch noch andere und anderes gibt?

Um zu *hören,*
dass es Überbevölkerungsgefahr,
darwinistischen Überlebenskampf,
Gewaltanwendung,
Müllhaldenmenschen,
Privilegierte und Unterprivilegierte,
Eingeweihte und Ausgesperrte,
Angesteckte und Verschonte,
Pseudo-Wahrheitsbesitzer und
zur Unwahrheit Verurteilte gibt ...?

Um zu *fühlen,*
daß Gefühle ein Risikofaktor,
ein Misstrauens-, aber kein Aufstiegsindikator sind?

Um zu *erkennen,*
dass die Gesetze der realen Welt andere sind,
als die der ersehnten Menschlichkeit?

Um begreifen zu *lernen,*
dass Sehnsüchte und Träume Meilensteine menschlichen Existenzdramas sind?

Wie bin ich?

... rational?
... emotional?
... spontan?
... systematisch?
... distanzbegehrend?
... nähebedürftig?
Fühle ich, was ich denke?
Denke ich, was ich fühle?
Tue ich, was mein ist?
Sehe ich, wie ich bin?
Nehme ich es überhaupt wahr, wie ich bin?
... ein Sowohl-Als-auch ...

Ich schaue

in meine gegenwärtige Endlosigkeit

und

erschaue meine endlose Gegenwart

Wie schaue ich?

fröhlich ...
traurig ...
deprimiert ...
irritiert ...
verlegen ...
selbstbewusst ...
fragend ...
geheimnisvoll ...
liebend ...
vernichtend ...
sanft ...
entblößend ...
begehrlich ...
eindringlich ...
durchdringend ...

Wohin schaue ich?

Vor mich hin ...
auf jemand ...
auf etwas ...
hinaus ...
nach vorne ...
nach hinten ...
nach unten ...
nach oben ...

Aber auch

in mich hinein ...
in dich hinein ...
in euch hinein ...
in etwas hinein ...

Meine Schauenskunst

Was ist sie?

Reine Verstandesspekulation?

Reine Vernunftbetrachtung?

Bloßes Gefühl?

Vielleicht - ..., ja,
vielleicht ein Aufeinanderprallen zweier Offenheiten,
bei dem die eine die andere wahrnimmt,
ja, sie muss es auch,
weil sie's anders gar nicht kann,
weil sich deren Sein unausweichbar überschneidet - ...
und ein Tête-à-tête eröffnet ...,

eine jeweils absolut einmalige Situation des Schauens
schafft ...

… und ich schaue durch

mich

dich

euch

es

und …

Ich er-schaue

Freude am Augenblick,
Desperation des Moments,
Unbeschwertheit des So-Seins,
Enttäuschung über dasselbe,
Sanfte Wiesen der Sehsucht nach *Anders-Sein,*
Geröll zerschlagener Träume,
Kraterfelder hinterbliebener Narben,
Schneerosen beglückender Liebe,
Reifperlen sanfter Zärtlichkeit, ...

aber auch

Stolz der Gesetzestreue und Schmerz derselben wegen
Prestigebewusstsein,
Machtwissen,
Erfolgszwang,
Stress,
Leisten-Sollen,
Leisten-Können,
Leisten-Wollen,
Nicht-leisten-Dürfen,
Zuversicht,
Skepsis,
Verzweiflung,
Selbst(un)sicherheit

und

… es widerfährt mir

nicht alles ist mein
nicht alles ist dein
nicht alles kann mein sein
nicht alles kann dein sein

und

…, ich will einiges davon auch gar nicht …
es ist mir fremd …
es passt nicht zu mir …
es gehört nicht mir …

Was ist nicht mein?

Was mich unfrei macht,

mit den von mir in meinem Innern erschauten
Weiterlebensmomenten nicht übereinstimmt,

was in meine autonome Symphonie des Erkennens,
Empfindens, Wollens und
Tuns fremde Misstöne einschleust.

Alles, wozu ich nicht „Ich will es“ zu sagen gewillt bin,

alles, was Geschwüre erzeugt und Schwülstigkeiten hinterlässt,

all das, was mir und meinesgleichen Angst macht,

weil ..., ja, weil es mich in Frage stellt ...,

all das, was ein Ineinander-Sein,
ein Ineinander-Wachsen behindert,
unmöglich macht,

was entfremdet ...,

mich von meinem Ursprung und Ziel,
dich von deinem Ursprung und Ziel,

uns von unserem Anfang und unserer Vollendung,
es von seinem Urheber und seiner Zweckbestimmung,
uns alle von global Harmonischem

Wir in Zukunft

Was ist mein?

Der Wille zum Vertrauen,

zum Hoffen,

zum Lieben,

zum Gestalten,

zum Mit-Schöpfer-Sein.

Ich muss also ...

... sezieren,

schneiden

und dann

mich trennen ...

ja ..., aber nicht wegwerfen

sondern: mich selbst *beschränken,*
- aus Einsicht,
- aus Liebe,
- aus Selbsttreue,
- aus Prinzip,
- aus Prestige,
- aus Konformität,
- aus Gewohnheit,
- aus Tradition,
- aus Erfolgsdiktat ...

Nun:

Ist nicht *Verzichten* schmerzvoller als Wegwerfen?

Ich gebe etwas auf,
was zwischenzeitlich mein geworden war,
was ich liebgewonnen habe,
was sich zur Teildimension meiner Identität entwickelt hat

oder:

Ich entledige mich unnötigen Ballastes,
ich zelebriere ein Selbstreinigungstribunal,
ich räume aus ...

und sage entrüstet:

„Gott sei Dank!"

Ja, ich nehme etwas wahr,
was stärker ist als jeder Schmerz der
Aktualüberforderung:

meine Grundbefindlichkeit ist Dialektik, sie ist der
Schmelzofen meines Daseins,
und *TRENNEN*,

trennen lassen, sich trennen, aufgeben,
auseinanderhalten

ihre Kardinalforderung von einmaliger Läuterungskraft,

ihr Ausgang - das Nadelöhr meines menschlichen
unabgeschlossenen Gewordenseins,
meiner menschlichen Substantialität ...

Ich und Andere

Ja, es gibt SIE ..., aber *sind* SIE auch?

Oh ja ..., natürlich ...

... SIE genießen doch das Privileg

eines (einer) Geburtsurkundeninhabers(-in)!
Dort steht der Name, Vorname, Geburtsort, Eltern usw.
Es gibt SIE also doch, ...
es lässt sich nicht leugnen.

In dieser Eigenschaft sind SIE
eine unleugbare statistische Tatsache.

Und doch ...,

stellt man nicht mittlerweile derartige Urkunden auch
anderen Lebewesen aus?

Also ...,

doch kein artspezifisches Identitätsprädikat ...

Was ist es sonst?

Sprache

Sind meine Worte ich?

Weiß ich, was ich rede?

Aussage ...

Vertrauen

Zuversicht,
Erwartung,
Abhängigkeit,
Risiko,
Seiltanz,
Grundlage,
Exodus,
Schlussstein,
Erfüllung …

Liebe

Jeder sagt, niemand weiß ...
jeder spürt, niemand ahnt ...
jeder weiß, niemand begreift ...
jeder will, niemand hält durch ...
jeder spricht, niemand versteht ...
jeder begehrt, niemand ist frei ...

Was bist du?

ein Wort?
ein Versprechen?
ein Berühren?
eine Nähe?

eine Täuschung?
eine Realität?
ewige Attrappe?

eine Nahrung?
eine Droge?
ein Gift?
eine „schöne Leich“?

Wessen Ausdruck bist du?

meiner individuellen Unfertigkeit?
meiner duausgerichteten Bedürftigkeit?
meiner Unzufriedenheit mit mir selbst?
meiner Erdigkeit?
meiner Übersinnlichkeit?
meiner Transzendenz?
meiner Sehnsucht nach schöpferischem Frei-Sein,
Ganz-Sein

im DU, durch ein DU, in meinem DU?

Die Macht

der Augen ...
der Finger ...
der Tränen ...
der Bewegung ...
des Wortes ...
des Lautlosen ...
der Zurückhaltung ...
der Provokation ...
der Verweigerung ...
der Nacktheit ...
des Mystischen ...

der Gedanken ...
der Sehn-Süchte ...

Heimat

Zuhause-Sein

Aufgehoben-Sein

Angenommen-Sein

Harmonie leben

Mit-So-sein-Können ...

Geglücktes Dasein

Offene Mitte sein,
Mitte leben,
in der Mitte aufgehen,
in die Mitte aufnehmen,
in der Mitte Mit-Sein,
in der Mitte Für-Sein,
in der Mitte Antwort-Sein,
in der Mitte Antwort erfahren.

Die Sensiblen

S O S

Vermassung,
letzter Rettungsschrei,
Zukunftssicherung,
Überleben,
Chance,
Brückenschlag,
Wiederfinden,

Neubeginn ...

Neubeginn ...

mit wem?
wo?
warum?
unausweichlich?
auswegslos?

auf Zeit?
endgültig?
Garantie?

Selbst - Täuschung?
Selbst - Flucht?

real?
virtuell?

Cyber-Mensch

virtuell - sein
- da sein
- lieben
- leiden
- fühlen
- schön sein
- reich sein
- befruchten
- zerstören
- tot sein

virtuelle Hölle ...
virtuelles Paradies ...

Glück ohne Grenzen?
Glück global & total?

Godot neu - im *Netz* ...
doch ...
doch nicht ...